LES AVENTURES

D'UN

GRIPPE-SOU

DANS LA VALLÉE D'ANDORRE,

COMÉDIE MÊLÉE DE COUPLETS, EN DEUX ACTES,

SPÉCIALEMENT DESTINÉE

AU THÉATRE DES MAISONS D'ÉDUCATION,

Par M. l'Abbé LAUBIE,

Principal du Collége de Villefranche-d'Aveyron.

VILLEFRANCHE

Imprimerie de Prosper Dufour.

1858

THÉATRE DE M. L'ABBÉ LAUBIE.

SEUL OUVRAGE

De ce genre, qui soit, à la fois, APPROUVÉ par l'autorité eccléslastique, sous le rapport moral ; JUGÉ favorablement, au point de vue esthétique, par des hommes compétents ; et DEVENU, en France et en Belgique, le répertoire de presque toutes les Maisons d'éducation.

1ʳᵉ SÉRIE. — POUR LES ÉCOLES DE DEMOISELLES.

1° Drames historiques mélés de couplets.

LA PETITE MARÉYEUSE. — Modèle de piété filiale. . . . . 2 actes, 9 rôles.

> « On a représenté avec un plein succès, au couvent du Bon
> » Pasteur d'Avignon, la *Petite Maréyeuse.* Mgr. l'Archevêque,
> » M. le Préfet, M. le Maire, l'Inspecteur d'académie, nombre
> » de dames, le clergé tout entier, assistaient, et applaudis-
> » saient à chaque instant. . . . .
> » TERRIS,
> » ancien rédact. de la *Revue des Bibliothèq. Paroiss.*»

MARIE STUART A L'ECOLE. — La vertu couronnée (deuxième édition). . . . . 3 actes, 9 rôles.

LES DEUX FILLES DE CLOVIS. — Entrer dans un couvent, c'est entrer au service du prochain. 3 actes, 9 rôles.

LA REINE BATHILDE. — Elle descend du trône pour se faire religieuse. . . . . 2 actes, 9 rôles.

2° Comédies mélées de couplets.

FIEZ-VOUS Y ! ! (1), ou la petite bergère Céluta chez les Grâces d'Idalie. . . . . 2 actes, 6 rôles.

PRÉLUDES à une Distribution des Prix (1858). . 1 acte, 4 rôles.

Cette bluette, mise à la portée de la plus modeste école, est en même temps susceptible de produire un grand effet dans les pensionnats de premier ordre. Elle pourra être acceptée, même par les maisons qui ne donnent pas de représentations théâtrales. Elle contient d'utiles leçons, une situation très-amusante, de l'à-propos et un petit secret officieux.

(1) Dans *les Précis Historiques* publiés à Bruxelles par le Révérend père Terwecoren, on lit, Tome VII, page 509 : « Une nouvelle pièce destinée aux pensionnats de demoiselles, vient de paraître (en France) dans le théâtre de M. l'abbé Laubie ; elle est intitulée : *Fiez-vous y !...* Le drame est très-intéressant ; la marche en est facile, les incidents sont variés. . . . . »
Un directeur du grand séminaire de St.-Sulpice de Paris a écrit : « *Fiez-vous y !!* est une pièce charmante dans sa conception, ingénieuse dans sa marche, et de bon goût dans ses détails. Sous ses grâces, elle cache une morale sévère, assez transparente pour être vue par tous, assez voilée pour ne blesser personne. »

2ᵉ SÉRIE. — Pour les écoles de Jeunes Gens.

1° Drames historiques mêlés de couplets.

JACQUES COEUR. — Rendre le bien pour le mal. 3 actes, 9 rôles.

CHARLES XII A BENDER. — Fragilité des grandeurs humaines. . . . . 3 actes, 8 rôles.

LE CHARPENTIER DE SARDAM. — Suites funes-
tes de la paresse, et remède qu'on employait en
Hollande pour guérir cette maladie. Page cu-
rieuse de la vie de Pierre-le-Grand. . . . . 3 actes, 9 rôles.

Deuxième édition. — Le rôle comique ajouté à cette pièce lui
donne une physionomie si nouvelle, qu'elle peut être redeman-
dée par les établissements qui ne connaissent que la première
édition.

UNE CARAVANE. — Avoir un bon cœur, c'est
bien ; ne pas avoir de tête c'est une sottise. . . 2 actes, 12 rôles.

Deuxième édition, revue avec soin. — La touchante péri-
pétie est mieux amenée. — Une note indique le moyen très-sim-
ple de faire confectionner, sans presque aucuns frais, à la lin-
gerie de chaque établissement, les costumes orientaux de cette
pièce , qui produisent sur la scène un effet magnifique.

2° Comédies mêlées de couplets.

LA CIGARETTE ET LE DIPLOME. . . . . 2 actes, 10 rôles.

LES AVENTURES D'UN GRIPPE-SOU DANS
LA VALLÉE D'ANDORRE. — (1858). . . 2 actes, 8 rôles.

Conditions de vente.

Chacune de ces pièces forme une petite brochure in-8, avec beau papier et couverture imprimée. Elles se vendent séparément.

On ne peut s'en procurer une par unité, mais par nombre égal au moins à celui des rôles ,
et à raison de 80 c. l'exemplaire , pour la France ou l'Algérie, et de 1 fr. pour la Belgique.

Par ce moyen on ne perd plus un temps précieux à copier les rôles , chaque élève ayant
entre les mains le texte imprimé de l'œuvre entière. Ainsi , se trouve évité le seul inconvé-
nient qu'offrait jusqu'ici ce genre de délassement qui embellit tant les fêtes de collége , et
qui est tout à la fois moral , instructif et bien agréable.

La musique des couplets est imprimée à part pour chaque pièce. Elle est ajoutée gratis ,
une fois, à chaque envoi d'un nombre d'exemplaires de la pièce égal à celui des rôles.

Ainsi, FIEZ-VOUS Y !! a six rôles.

En demandant six exemplaires de la pièce entière pour les élèves chargées des six rôles, on
a droit à un exemplaire de la musique ; si l'on demande six ou douze exemplaires en sus pour
les offrir au moment de la représentation *aux amis de la maison ,* comme cela se pratique
dans beaucoup d'établissements, on a droit à deux ou trois exemplaires de la musique.

En écrivant directement à M. l'abbé Laubie , Principal du collége de Villefranche-d'Aveyron , on reçoit l'objet de la demande *franco* au domicile indiqué et par le retour du courrier.

Joindre pour solde un mandat sur la poste et affranchir.

Les correspondans belges pourront se libérer en joignant à leurs demandes des billets de ban-
que belges ou des timbres-poste de Belgique, ou des valeurs sur la France, dont voici le modèle.

Fait à   (Belgique) *le*   185
A vue et chez mon fondé de pouvoir M.   demeurant à
rue   numéro   département de   (France), je paierai contre le présent
mandat et à l'ordre de M. l'abbé Laubie, la somme de   pour solde.
          Bon pour   ,   *(Signature lisible.)*

(Copier et remplir ce modèle sur papier libre, et le plier dans la lettre de demande.)

Aucun envoi ne sera fait en dehors des conditions précitées.

EXTRAITS DE QUELQUES HAUTS TÉMOIGNAGES.

Évêché de Rodez , le 18 mars 1856.

Monsieur le Principal ,

. . . . J'ai la satisfaction de vous faire connaître qu'il n'a été rien trouvé dans les pièces de votre répertoire qui soit contraire aux principes d'une saine morale et au respect dû à la religion.

J'ajoute que vos différents travaux dramatiques paraissent bien se coordonner et s'harmoniser avec votre pensée dominante qui est de flétrir le vice, de ridiculiser les travers de l'époque , et de faire pénétrer dans le cœur de la jeunesse des sentiments honnêtes et généreux , qui , développés par la religion , se traduisent en vertus dans l'âge mûr , quand l'heure des grandes tentations a sonné.

Ce but, M. le principal, est digne d'un prêtre pieux et d'un sage instituteur de l'enfance.

Le théâtre public, vous ne l'ignorez pas, a la prétention de moraliser les hommes. Mais qui le moralisera lui-même ? C'est là une entreprise bien difficile, pour ne pas dire impossible. En face d'une telle situation, il est bon d'offrir à la jeunesse de nos écoles ce genre de délassement dépouillé de ce qu'il a de dangereux, et de lui laisser cueillir quelques fleurs dans un parterre soigneusement gardé, pour qu'elle ne soit pas tentée d'aller les prendre sur un terrain tout infecté de vipères et bordé par des précipices. . . . .

Recevez , etc.

† LOUIS , évêque de Rodez.

Ecole de Sorrèze , 2 avril 1856.

Monsieur le Principal ,

J'ai reçu les pièces de théâtre que vous avez eu la bonté de me faire parvenir , et j'ai déjà eu le temps de leur donner un premier coup d'œil. Ce que j'en ai vu m'a paru ingénieux et agréable. Je conserverai vos pièces, Monsieur le Principal, et je vous remercie de l'extrême obligeance que vous avez eue de m'en faire part. C'est certainement un travail utile pour les maisons qui ont conservé l'usage des représentations théâtrales, soit à la distribution des prix, soit dans d'autres circonstances de plaisir et de solennité.

Veuillez agréer, etc.

Fr. Henri-Dominique LACORDAIRE , des Frères Prêcheurs.

Cahors , 22 avril 1856.

Monsieur l'Abbé ,

J'ai lu avec plaisir les dix pièces dramatiques que vous m'avez envoyées; elles me paraissent propres à faire apprécier et aimer la piété filiale, la droiture , la générosité, le travail, le détachement des biens et des grandeurs de ce monde, la vie humble et modeste, etc.

C'est assez vous dire, Monsieur l'abbé , qu'à mon avis elles méritent , pour me servir de votre expression , *le passeport* que vous réclamez en leur faveur ; je leur souhaite donc heureux voyage et bon accueil.

Veuillez bien agréer , etc.

† P. D. , archevêque de Calcédoine.

Évêché du Puy , le 25 avril 1856.

Monsieur le Principal ,

J'ai lu avec attention et j'ai fait examiner par un membre de mon clergé , compétent dans cette matière , les différentes pièces que vous avez eu la bonté de m'adresser.

Le but que vous vous êtes proposé, Monsieur le Principal, est bon , digne d'éloges, et vous l'avez atteint.

J'approuve donc votre théâtre scolaire , et je désire que ces quelques lignes puissent être un nouvel encouragement pour vous. . . . .

Recevez , etc.

† AUGUSTE , évêque du Puy.

Archevêché de Tours , 14 novembre 1856.

Monsieur le Principal ,

Je m'empresse de vous remercier de vos petits livres que vous avez bien voulu m'envoyer. Je tâcherai de les faire connaître et de seconder vos vues. . . . .

Recevez , etc.

† F.-N. cardinal , archevêque de Tours. (présentement archevêque de Paris.)

Archevêché d'Albi , 15 juin 1857.

Monsieur le Principal ,

. . . . . La commission à laquelle j'avais confié le soin d'apprécier le mérite de vos drames historiques , a formulé son opinion en ces termes : « Ces pièces sont morales , intéressantes , « et peuvent être adoptées par les établissements qui conservent ce genre de représentations « dans leurs distributions de prix.... » On a rendu justice au talent et aux bonnes intentions de l'auteur. C'est aussi le témoignage dont j'aime à lui adresser personnellement l'expression.

Veuillez agréer , etc.

† J.-J.-M.-EUGÈNE , archevêque d'Albi.

Personnages

GRIPPE-SOU, concierge du Palais national d'Andorre.
LYSANDER BROWN, touriste anglais et autre chose.
GIL, jeune valet de Grippe-Sou.
BELTRAND, emprunteur.
VICENTE, instituteur à Andorre.
CALVO Y SOUM, premier magistrat de la république d'Andorre.
DON MIGUEL, notaire archiviste.
ARÉNY, vice-syndic.

La scène se passe sur le versant méridional des Pyrénées, à Andorre-la-Vieille, capitale de la république de ce nom, et le théâtre représente l'antichambre du Palais national.

Les documents historiques et géographiques sur le Val d'Andorre, et contenus dans cette pièce, sont tirés d'un article remarquable publié dans la *Revue de l'Académie de Toulouse*. (12ᵉ livraison, du 30 novembre 1856, page 372 et suivantes.)

LES AVENTURES D'UN GRIPPE-SOU.

ACTE PREMIER.

SCÈNE PREMIÈRE.

GRIPPE-SOU , *seul.*
(Il dépose sur la table un trousseau de clés.)

Air n° 1.

Grippe-sou... Savoir que veut dire
Cette vilaine expression?
Quelque sot, sans doute en délire,
L'a mise en circulation,   *(bis)*
Gripper quelqu'un, Dieu me pardonne !
C'est le serrer très-rudement.   *(bis)*
Le plus petit sou qu'on me donne,
Je le serre amicalement.

Le Chœur répète :

Le plus petit sou qu'on lui donne, -
Il le serre amicalement.

Grippe-sou.... Surnom ridicule
Forgé par la méchanceté....
J'ai bien pu grossir mon pécule,
Mais sans blesser la probité.   *(bis)*
Il n'appartient qu'à des canailles
De gripper, de manger les gens.   *(bis)*
Le loup berger grippe les ouailles,
Je tonds les moutons innocents.

Le Chœur.

Le loup berger grippe les ouailles,
Lui, tond les moutons innocents.

Grippe-sou.... L'autre jour en ville,
Un mauvais gueux m'appelle ainsi !
Je demeure calme, tranquille,
Et je lui réponds : grand merci !   *(bis)*
Plaider contre lui? pourquoi faire !
Il n'avait rien ; c'était un fou.   *(bis)*
Je pris le parti de me taire ;
Mieux valait rester Grippe-sou.

Le Chœur.

Il prit le parti de se taire ;
Mieux valait rester Grippe-sou.

Aussi, dorénavant qu'on fasse
Ou qu'on dise ce qu'on voudra ;

Viendrait-on m'insulter en face,
Tant pis ! rien ne m'offensera.   (*bis*)
Bah ! je vois tout couleur de rose,
Tous les hommes sont mes amis.   (*bis*)
Je ne demande qu'une chose :
C'est de tondre en paix mes brebis.

Le Chœur.

Il ne demande qu'une chose :
C'est de tondre en paix ses brebis.

GRIPPE-SOU.

Chut ! chut !... *(il écoute)* Peut-être quelque agnelet qui
nous arrive..... précisément !

SCÈNE II.

GRIPPE-SOU ET LYSANDER BROWN.

(Brown porte lorgnon, calepin et dictionnaire de poche.)

BROWN.

Good day sir (*prononcez* : goud dé seur !) Bonn'jor, Mossé !
GRIPPE-SOU. *(Très-profonde révérence.)*
BROWN.
Voss été la portierr de cette monioumenté ?
GRIPPE-SOU.
Je suis le concierge du palais, tout disposé à vous of-
frir mes services.
BROWN.
Très-bienne ! très-bienne ! Moâ j'été sudjet anglais.
GRIPPE-SOU. *(Il s'incline profondément.)*
BROWN.
Moâ j'avé ioune letter dé... *(il cherche dans son diction-
naire de poche)* ioune letter dé... *(il lit)* ré-co-men-de-
shun por le premeur hom' mégistrat de voter répioublique.
GRIPPE-SOU.
La bonne mine et les nobles manières de mylord le recom-
mandent suffisamment. Que désire mylord ? il est maître ici ;
qu'il commande.
BROWN.
Très-bienne ! très-bienne ! Moâ j'été ioune touriste, et
j'été veniou dans la vallée de voss por voar le montégne
Pyrénée et le palais nétionel de Endorre dont voss guar-
der le porteil.
GRIPPE-SOU.
Mylord peut disposer de moi selon son bon plaisir ; mon
temps et ma personne lui appartiennent, car il ne me reste d'autres ressources pour gagner ma vie, que les quelques piastres que me donnent, à titre de salaire, les per-

sonnages de haute distinction comme vous, mylord, qui viennent visiter ce curieux monument.

BROWN.

Très-bienne ! très-bienne ! Moâ, je payer d'evence tojor. *(Il lui glisse une pièce d'argent que Grippe-sou serre amicalement dans le tiroir de la table.)* Voss donner à moâ dé... *(recours au dictionnaire)* dé... *(lisant)* ex pli qué shuns historik siour le chéteau celoui-ci de Endorre et siour le ermoire de fer.

GRIPPE-SOU.

Je vais vous satisfaire de mon mieux. Toutefois, mylord, je regrette vivement de ne pas connaître la langue anglaise. Vous m'eussiez compris plus facilement.

BROWN.

Il séré doux à moâ de entender, si loin de le Anguelterre, le parlement de le paysse nétal, mais je comprendre bienne voss ; j'étoudié à fond le parlement de voss au commencement de entrer dans le montègne Pyrénée.

GRIPPE-SOU.

Et moi, mylord, j'ai conçu depuis quelque temps une véritable passion pour la langue d'outre-Manche.

BROWN.

Très-bienne ! très-bienne !

GRIPPE-SOU.

Un contrebandier de las Escaldas a rapporté de Londres un dictionnaire catalan-anglais qu'il voulait me vendre dernièrement, à vil prix, pour quelques réaux. Malheureusement je n'ai pas pu faire cette dépense : c'est pour moi une cruelle privation. Si j'avais cet ouvrage, je me livrerais avec ardeur à l'étude de l'anglais ; il y a fureur chez moi.

BROWN.

Combien falloir por le contret de vente ?

GRIPPE-SOU.

Presque rien.....

BROWN.

Moâ donner le bonhur à voss. *(Il le gratifie d'une deuxième pièce, qui est encore la bienvenue.)*

GRIPPE-SOU *(tout joyeux).*

Gratias ! mylord, je vous promets que si vous nous faites l'insigne honneur de revenir dans uos montagnes, je connaîtrai mon anglais.

BROWN.

Et il sera doux à moâ de entender le parlemente de le paysse nétal de moâ dans le baouche de voss. Voss commencer les ex-pli-qué-shunss.

GRIPPE-SOU.

La cité d'Andorre-la-Vieille, où vous vous trouvez, est la capitale de notre république.

BROWN.

Très-bienne !

GRIPPE-SOU.

Elle est située sur le confluent de l'Embalire et de l'Ordino ; sa population est de huit cents âmes. Le peuple Andorran se gouverne par ses propres lois depuis Louis-le-Débonnaire. Cependant il est placé sous la suzeraineté de la France et de notre très-gracieux prince, l'évêque d'Urgel. Le territoire de la république d'Andorre a dix lieues de long sur neuf de large. Nous avons des viguiers...

BROWN.

Voss disé ?

GRIPPE-SOU.

Des viguiers, celui de France....

BROWN (*écrivant sur son calepin*).

Bigouiers....

GRIPPE-SOU.

Des syndics, des bailes, des consuls et, en un mot, tous les fonctionnaires de l'antique paréage féodal. Blottis dans cette gorge des Pyrénées, nous avons eu la grande chance d'être oubliés par tous les conquérants. Aussi, quand nos députés assistèrent au sacre du grand Napoléon, ce monarque déclara qu'il avait respecté notre modeste État républicain *comme une curiosité politique, et pour conserver un échantillon des choses qui tendent à disparaître.* Je vous cite ses mêmes expressions.

BROWN.

Très-bienne ! très-bienne ! c'été querieusse fômellemente, ce histoire !

GRIPPE-SOU.

J'ai en dépôt un livre très intéressant, (*il le sort du tiroir*) qui se vend au profit des pauvres. (*lisant le titre*) *Historia de la república de Andorra por don Luis de Baquer.*

Il ne vient pas ici un seul étranger qui ne fasse l'acquisition de cette œuvre précieuse.

BROWN (*examinant le livre.*)

C'été querieusse ! Combienne falloir por le contrèt de vente.

GRIPPE-SOU.

Le prix est marqué dessus : quatre réaux.

BROWN.

Très bienne ! (*il compte quatre réaux.*) One, two, three, four (*prononcez :* Ouone, tou, zthri, faour.)

GRIPPE-SOU.

Voilà un secours de plus pour les indigens de la paroisse (*il dépose dans le tiroir.*) On ajoute quelques maravédis en sus pour les pauvres.......dépositaires.

BROWN.

C'été jiouste ! (*il lâche un cinquième réal*) Maintenante

voss donner à moâ les expliqué shuns siour le monioumenté chéteau de Endorre.

GRIPPE-SOU.

Cet édifice mérite en effet de fixer l'attention ; d'abord, c'est une construction de style roman destinée, dès son origine, à la réunion des Cortès. Il est en outre, hôtel de ville d'Andorre, prison d'état, et maison d'école de cette paroisse. Vous avez pu voir, mylord, de vastes écuries au rez-de-chaussée ; les membres du conseil souverain ont le droit d'y laisser leurs montures pendant la durée des sessions.

BROWN.

Et 'les moulets été norris por lé pétrie?

GRIPPE-SOU.

Oh ! non ! c'est avec moi qu'on s'entend pour ce qui regarde l'affenage et le soin des animaux.

BROWN.

Très-bienne ! très-bienne !

GRIPPE-SOU.

Nos hommes d'Etat, quand ils sont dans l'exercice de leurs fonctions, ont aussi, le droit de coucher au dortoir qui est là. *(Il ouvre une porte latérale ; Brown s'avance jusques sur le seuil.)* Je suis chargé de fournir le linge et de faire garnir les lits ; je fais aussi préparer leurs repas.

BROWN *(rentrant vers le milieu de la scène)*.

C'été ioune étable d'ioune grande simplicité.

GRIPPE-SOU.

Au fond, vous eussiez pu voir la chapelle dédiée à Saint Armengol ; mais elle n'offre rien de remarquable. Je remplis les fonctions de sacristain. A côté, se trouve l'école ; aujourd'hui c'est grand congé.

BROWN.

Voss été régiente?

GRIPPE-SOU.

Oh ! non, mylord, seulement j'ai en pension trois écoliers qui nous sont venus de la paroisse de Canillo.

BROWN.

Et combienne voss avoir de fonctions en coumioul?

GRIPPE-SOU.

Dios mio ! Je me donne beaucoup de tracas' pour obtenir peu de gain ; mais en modérant mes désirs, ce peu me suffit. *(Ouvrant une autre porte.)* Si mylord désire visiter la cuisine, c'est une pièce très-curieuse. *(Brown se dirige vers cet appartement.)* Vous trouverez au milieu une cheminée immense. Les quatre chenêts sont d'une hauteur prodigieuse. Aussi l'histoire rapporte qu'on y fit rôtir à la broche un bœuf entier, le jour que Charlemagne vint loger dans ce château.

BROWN *(riant).*

Ah ! ah ! ah ! très-bienne ! très-bienne ! Je volé v.
(il entre dans la cuisine).

SCÈNE III.

GRIPPE-SOU et GIL.

(Ce jeune valet porte un plat recouvert d'une feuille de papier blanc).

GIL.

Maître, nos trois écoliers pensionnaires vous prient de vouloir bien faire pour eux une opération d'arpentage.

GRIPPE-SOU.

.....De l'arpentage ! est-ce qu'ils me prennent pour un géomètre ? de l'arpentage, c'est plutôt l'affaire du senor (1) Vicente. Je suis chargé seulement des provisions de bouche, ce qui n'est pas mince besogne, car tu sais qu'ils sont forts pour la consommation. *Dios Mio !* comme ils engloutissent les aliments, ces trois lutins ! aussi, depuis qu'ils ont quitté le village, leur embonpoint n'a pas dépéri à la pension du concierge d'Andorre.

GIL.

Tenez, maître, vous m'aviez dit de leur apporter cette ration pour le dîner *(il découvre le plat)* ; faites de là trois parts, si c'est possible.

GRIPPE-SOU.

Tu es un malicieux, Gil, tu es un malicieux ! Avisons..... pose le plat sur la table..... bon !..... une assiette !..... bon !.... Le senor maestro leur disait, l'autre jour, que la matière est divisible à l'infini, et tu crois, mon pauvre Gil, que je ne diviserai pas ce gros morceau de chèvre en trois portions ! D'abord je coupe par le milieu : voilà deux parts *(l'action accompagne la parole)* ; je renouvelle l'opération sur chaque tronçon et voilà quatre lots , aussi vrai que deux et deux font quatre ; et comme ce nombre excède d'une unité le nombre demandé , je pose *un* sur cette assiette, pour le dîner de Gil, ce qui est un bénéfice net auquel je ne songeais pas ; je pose *un*, dis-je, et je retiens trois, nombre cherché pour nos trois petits avaleurs de la paroisse de Can'llo, où ils ne mangeaient sans reproches que des *Trumphos* (2) ; et comme tu as eu la maladresse, cher petit sot, de pousser toute la sauce sur le bord du plat, disposition défavorable au coup d'œil, je tiens ma vaisselle sur un plan incliné, en lui faisant pratiquer doucement une circonvolution , afin que la sauce

(1) Prononcez *ségnor,* comme dans *seigneur.*
(2) Mot catalan. Pommes de terre.

puisse se répandre sur tout le fond ; et je t'ai dit mille fois, cher Giletou, que l'homme ne vit pas seulement par la bouche ; on mange, et quelquefois même on dévore des yeux....

GIL.

Procédé fort économique.

GRIPPE-SOU.

Oui ! on dévore de l'œil. Il y a à Saragoza un marchand de comestibles qui possède le talent merveilleux d'encadrer derrière le vitrage de ses salons les fruits et les mets les plus agréables à la vue, les fantaisies les plus gracieuses ; et tu verrais, tout autour, dans la galerie, une multitude de pauvres diables affamés qui dévorent tout ça de l'œil. Il faut donc présenter les mets sous un aspect qui flatte les yeux. Resserrée dans un coin d'assiette, une cueillerée de jus n'a l'air de rien ; répandue sur tout le fond, c'est l'océan. Du reste, Gil, je sais à sou, maille et denier ce que me coûtent ces trois estomacs, et je trouve que c'est assez.... Le tour est fait.... enlevez !

GIL *(maugréant)*.

Voilà qui s'appelle un plat de son métier ; il n'en fait pas d'autres, mon maître.... Laissez-moi vous raconter une histoire : Je connais un homme qui donne l'avoine aux mules des Cortès avec une fronde. Vous comprenez le mécanisme ? Ainsi fourni, ce grain n'occasionne jamais d'indigestion aux bêtes ; il est payé tout de même ; cela suffit.

GRIPPE-SOU.

Gil, de qui veux-tu parler ?

GIL.

Je ne désigne personne.... D'autres fois il retire le foin des rateliers, dès que le maître des pauvres bêtes a tourné le talon....

GRIPPE-SOU.

Gil, de qui veux-tu parler ?

GIL.

Je ne désigne personne. Si ce fournisseur infidèle eut fait cela du temps que les vrais animaux parlaient, évidemment il eut été dénoncé. Les bêtes ont perdu l'usage de la parole, et l'on croirait que cet héritage a passé sur la langue de nos jeunes étourdis. Si vous les trichez sur l'article des vivres, ils le clament partout. Maître, on vous dénoncera !

GRIPPE-SOU.

Tu as fini ton apologue ?.... enlevez !

GIL.

Regardez donc ces trois petites becquées ; là, entre nous, de bonne foi....

GRIPPE-SOU.

Allons ! allons ! puisque tu me prends par la douceur, tu feras de moi tout ce que tu voudras ; mets un supplément.

GIL.

Bravo !

GRIPPE-SOU.

Ajuste tout au tour du plat une bordure de cerfeuil arrangée avec grâce et gentillesse. *(Il va rejoindre Brown.)*

GIL.

Vous tenez donc à les faire manger par les yeux ?

GRIPPE-SOU *(disparaissant)*.

Enlevez !

SCÈNE IV.

GIL, *seul*.

Air n° 2.

Le maître l'ordonne !
Au sobre comme au glouton,
Il veut que je donne
Demi-ration.

Si cette réforme
Se trouvait conforme
Au goût des Andorrans !
Mais c'est, au contraire,
Déclarer la guerre
A leurs plus doux penchants !
Le maître l'ordonne !
Au sobre comme au glouton,
Il veut que je donne
Demi-ration.

LE CHOEUR.

Grippe-sou l'ordonne!
Au sobre comme au glouton,
Il veut que l'on donne
Demi-ration.

GIL.

Enfants volontaires,
Nos pensionnaires
Me recevront très-mal !
Même ils vont, je gage,
Faire du tapage,
Enrager.... C'est égal !
Le maître l'ordonne ! etc.

LE CHOEUR *(pendant que Gil quitte la scène)*.

Grippe-sou l'ordonne!
Au sobre comme au glouton,
Il veut que l'on donne
Demi-ration.

SCÈNE V.

GRIPPE-SOU ET BROWN.

GRIPPE-SOU.

Je vous disais donc, mylord, qu'au passage de Charlemagne, on fit rôtir à ce foyer un bœuf entier.

BROWN.

Querieusse !!

GRIPPE-SOU.

Il y a plus : dans le bœuf, on avait mis un gros mouton...

BROWN.

Oh! yès!

GRIPPE-SOU.

Dans le mouton, une oie magnifique....

BROWN.

Oh! yès!

GRIPPE-SOU.

Dans l'oie, il y avait un de ces coqs sauvages qui se trouvent dans les bruyères de san Juan d'Alerm.

BROWN.

Querieusse ! !

GRIPPE-SOU.

Dans le coq, était une perdrix.

BROWN.

Edmirebele !!

GRIPPE-SOU.

Et avant de coudre les susdits ingrédients dans la panse du bœuf, on avait rempli tous les vides avec huit douzaines d'alouettes.

BROWN *(riant)*.

Ah! ah! ah! (*il cherche dans son dictionnaire*) moâ je noté celle.... celle.... querieusse... (*lisant*) garde-méngier. C'été introuvébele fômellemente ioune garde-méngier tel.

GRIPPE-SOU.

Pour conserver le souvenir de cet évènement culinaire, notre gouvernement a fait tirer une gravure (*il cherche dans le tiroir*) représentant avec fidélité la chose.... cuite. On la vend aussi au profit des pauvres, et nous en débitons prodigieusement. Il est vrai que c'est si bon marché : un réal !

BROWN.

Très-bienne ! très-bienne ! (*il examine l'image*) ioune réal ! Voici : moâ j'été caoutente de montrer le garde-méngier celoui-ci à le Enguelterre. (*Il serre son emplette tout joyeux, et Grippe-sou n'éprouve pas une délectation moindre à tondre l'innocent mouton. Quand la joie de mylord est*

*un peu calmée, il braque son lorgnon sur la porte qui est
au fond du théâtre ; il cherche à lire l'inscription supé-
rieure).* Voss diséz ? er.... er.... er.... quési.... commente
diséz voss ?

GRIPPE-SOU (*lisant*).

Arxivas las escripturas de Andorra. C'est la salle des
archives. Nous conservons là, dans une armoire de fer, les
documents les plus précieux, véritable trésor pour l'anti-
quaire et le paléographe. Là, vous trouveriez de vieux par-
chemins qui, tout en établissant la liberté Andorrane,
peuvent jeter le plus grand jour sur l'histoire du moyen-âge.

BROWN.

Très-bienne ! Moâ j'été caouténte dé voâr les titres.

GRIPPE-SOU.

Il m'est pénible, mylord, de ne pouvoir vous satisfaire
sur ce point....

BROWN.

Commente ? moâ je payer.

GRIPPE-SOU.

Hélas ! plusieurs étrangers de distinction n'ont pu obtenir
la faveur que vous demandez.

BROWN.

Moâ je payer d'evence.

GRIPPE-SOU.

A aucun prix je ne puis vous permettre de visiter nos
archives.

BROWN.

Oh ! yès !

GRIPPE-SOU.

Notre gouvernement ne veut ni emprunter, ni prêter aux
autres peuples ; il ne cherche ni à connaître, ni à être
connu.

BROWN.

Bah ! bah ! moâ j'avé ioune clé d'or por ovrir pertout.

GRIPPE-SOU.

Il m'est défendu, sous peine du plus sévère châtiment,
de laisser entrer dans cette pièce aucun étranger.

BROWN.

Bah ! bah ! por service rendiou, argient donné ; voss en-
tendez !

GRIPPE-SOU.

Je ne demanderais pas mieux que de vous obliger, car
je vois qu'avec un brave gentlemen comme vous, il n'y a
que d'excellentes transactions à faire. Mais vous seriez le
premier étranger qui eut mis le nez dans notre armoire de fer.

BROWN.

C'été fômellemente la raison spéciale celoui-là qui enflem-

mé le désir de moâ, si j'été le premeur hom' qui ouvrir
le ermoire de voss.

GRIPPE-SOU.

Silence !... quelqu'un qui nous arrive ! Mylord, rentrez
dans le dortoir ; cachez-vous !

SCÈNE VI.

VICENTE, GRIPPE-SOU.

VICENTE.

Pórtier, ma clé, je vous prie.

GRIPPE-SOU *(le servant avec empressement)*.

Senor maestro, permettez-moi de vous ouvrir mon cœur.

VICENTE.

Ouvrez, portier, ouvrez !

GRIPPE-SOU.

Je me trouve dans un cruel embarras.

VICENTE.

Lequel ?

GRIPPE-SOU.

Si vous ne venez à mon secours, bon et digne homme,
ça ira mal pour moi. Prêtez-moi cent *pecellas*.

VICENTE.

Volontiers ! Le peu que j'ai est à votre disposition ; mais
comment, cher ! je vous croyais tout cousu de pistoles,
et vous me demandez à emprunter ! Un Crésus, un céli-
bataire qui sue les maravédis par tous les pores de son
corps ! Auriez-vous essuyé quelque mauvais coup de pied
de la fortune ?

GRIPPE-SOU.

Senor maestro, prêtez-moi cent *pecellas*, vous me tirerez de peine. Si vous saviez ! je souffre depuis hier le sup-
plice de Tantale. Hélas ! grand saint Armengol, qu'il est dur
de ne pouvoir aboutir !

VICENTE.

Je n'entends rien à vos mystérieuses lamentations ; dites-
moi la chose par son nom.

GRIPPE-SOU.

J'ai trouvé à faire un placement magnifique de mille *pecellas* et, pour le moment, je ne puis disposer que de
neuf cents. Prêtez-moi ce qui me fait défaut ; *(très-confiden-
tiellement)* l'homme est riche, mais il a besoin ; j'attrape
20 p. 0/0 sans courir aucun risque. Solide!... solide !

VICENTE.

(*ette un regard sévère sur Grippe-sou.*) C'est incro-
yable. tirez-vous de là. (*Grippe-sou disparaît.*)

SCÈNE VII.

VICENTE, *seul.*

Air n° 3.

L'égoïste est une bête
D'un genre très-curieux :
Il a le cœur dans la tête
Et le ventre dans les yeux ;
Ses griffes s'ouvrent sans cesse
Pour prendre ou pour recevoir
Avec beaucoup de prestesse.
Son museau, c'est un suçoir.

S'il trouve de l'avantage
A se montrer moucheté,
Ou noir, ou blanc, son pelage
Se transforme à volonté.
Quoique la peur le domine,
Le penchant de ses instincts
Fait que toujours il chemine
Pour arriver à ses fins.

Ce dangereux mammifère
Cause, à lui seul, plus de mal
Que l'hyène et la panthère,
Et le tigre et le chacal.
Le roi du désert oublie
De pardonner au chevreuil ;
L'égoïste sacrifie
Des hommes à son orgueil.

Tous les animaux nuisibles
Sont traqués jusqu'à la mort ;
Grand nombre de fort paisibles
Subissent le même sort.
Mieux vaudrait faire la guerre
Au *susdit* avec un fouet :
S'il ne souillait plus la terre,
L'âge d'or apparaîtrait.

SCÈNE VIII.

GRIPPE-SOU ET BROWN.

Grippe-sou entre avec précaution en s'assurant du départ de Vicente. Lysander Brown ne sort de sa cachette que lorsqu'il voit que Grippe-sou est seul.

GRIPPE-SOU.

Il s'en va.... ainsi-soit-il !.... Quelle ganache ! Je le prie humblement de me rendre service, et le voilà furieux !

BROWN.

A présenté que voss été solitaire, voss laisser voâr à moâ le dedans de le armoar.

GRIPPE-SOU (*se grattant l'oreille*).

Et si je suis pris !....

BROWN.

Bah ! bah ! Moâ j'été caouténte d'être le premeur hom'
qui voyé le dedans de le armoar de voss.

GRIPPE-SOU (*à lui-même*).

Il y a des positions dans la vie où l'on est obligé de faire
flèche de tout bois.

BROWN.

Voss diséz là ioune grande vérity !

GRIPPE-SOU.

Tenez, mylord !.... Et si je suis pris ?

BROWN.

Avancez tojor ! Moâ je faisé sonner lé sonnette. (*Il fait
sauter de beaux écus dans une bourse*).

GRIPPE-SOU.

Tenez, mylord, pour vous rendre service.... et si je suis pris ?

BROWN.

Tojor, tojor, voss diséz le même chaose, et moâ tojor,
tojor, je faisé sonner lé sonnette (*Il renouvelle le jeu de
sa bourse*).

GRIPPE-SOU.

Tenez, mylord !.... donnez dix pistoles, je risque le saut
périlleux.

BROWN.

Diquese pistolles ? (*Il cherche dans la bourse*).

GRIPPE-SOU.

Pas un sou de moins, et vous pouvez dire que c'est bien
pour vous être agréable, car si je suis pris.....

BROWN.

Voalà ! tojor je payé d'evence.

GRIPPE-SOU.

(*Il vérifie d'un clin d'œil et il empôche presto.*)
Voici les six clés de l'armoire de fer, que le notaire archiviste oublia l'autre jour sur son bureau. (*Ils s'avancent
vers la porte de la salle des archives.*) Vous trouverez sur
la table ronde du milieu tout ce qui est nécessaire pour
écrire vos notes ; fermez-vous par derrière (*il ouvre la porte*),
et qui que ce soit qui frappe, n'ouvrez pas et ne répondez rien.

BROWN.

Très-bienne ! très-bienne !

GRIPPE-SOU.

Je vais rester là en sentinelle. Vous m'avez compris ? qui
que ce soit qui heurte, ne bougez pas.

BROWN.

Je comprenne bienne voss, je comprenne bienne (*il entre dans la salle*).

SCÈNE IX.

D'abord GRIPPE-SOU, puis BELTRAND.

GRIPPE-SOU (*se tâtant le pouls*).

Au moins cent-cinquante pulsations à la minute..... Si je suis pris, mon pauvre cœur n'y tiendra plus. (*Beltrand arrive, salutation d'usage ; il porte pour cadeau un jeune cabril.* (1) Vous voici, senor Beltrand !

BELTRAND.

Amassez cela.

GRIPPE-SOU.

Merci ! (*il accepte avec une parfaite pudeur*) vous êtes trop bon... Je suis confus. (*Prenant un air réjoui*) Il a la physionomie intéressante, ce petit animal, et sa voix est émue.

BELTRAND.

C'est parce qu'il n'a pas l'habitude de parler en public.

GRIPPE-SOU (*soupesant*).

Diantre.... c'est fameux !

BELTRAND.

Je suis fâché de n'avoir pu me procurer quelque chose de mieux.

GRIPPE-SOU.

Une autre fois, mon ami, une autre fois ! Pour le moment c'est assez, et je vous remercie jusqu'à nouvelle occasion ; (*à part*) il est joli tout de même.... Vous arrivez juste à point ; je ne viens que de compléter les mille *pecettas* dont vous avez besoin.

BELTRAND.

Tant mieux ! Cela m'arrange.

GRIPPE-SOU.

C'est bien parce que j'ai compris votre position que je me suis donné beaucoup de peine. Hélas ! grand Saint Armengol, qu'il faut d'unités pour faire mille ! j'ai cru que je n'aboutirais jamais. (*Sortant sa tabatière*) Une prise, je vous prie, (*Beltrand donne de son tabac*) vous me rendez service, ma boîte est absolument dégarnie, et je n'ai pas le temps d'aller faire ma provision accoutumée.

BELTRAND.

Vous tombez bien, ouvrez ! Il est tout frais.

GRIPPE-SOU.

(*Il présente une tabatière que Beltrand cherche à remplir.*)
Merci, senor Beltrand, ne vous démunissez pas trop ;

____

(1) Le petit de la chèvre sur les planches serait un acteur applaudi ; mais, à son défaut, mettez quelque autre chose et faites les variantes voulues.

merci , assez ! assez ! (*Ce refus ne l'empêche pas de te-
nir la boîte toujours ouverte.*) Vous savez écrire ?

BELTRAND.

Un peu.

GRIPPE-SOU.

Vous signez votre nom avec un paraphe ?

BELTRAND.

Pourquoi pas ?

GRIPPE-SOU.

Il faut un peu plus d'encre et de temps , mais c'est plus
régulier. Le grand avantage est celui-ci : (*avec mystère*)
Nous n'aurons pas besoin del notario , et nos arrangemens
ne seront connus que de nous seuls !...

BELTRAND.

Quand on saurait que vous m'avez prêté , je m'en fiche ;
j'ai, dans la vallée , de bonnes terres labourables , et je
sais bien pourquoi j'emprunte à gros intérêts.

GRIPPE-SOU.

Oh ! sans doute, senor Beltrand , mais.... avez-vous ap-
porté du papier marqué ?

BELTRAND.

Pour ça , non !

GRIPPE-SOU.

Je vais en envoyer quérir. (*fouillant ses poches*) Il faudrait
un réal ; vous n'avez pas un réal ?

BELTRAND.

Voyons.... *(il cherche dans son gousset)* voilà.

GRIPPE-SOU.

Oh ! nous sommes hors d'affaire !... Gil ! Giletou ! (*agitant une sonnette*) Giletou ! (*il renferme sa petite mon-
naie dans le tiroir.*) Tiens ! tiens ! une feuille de papier
timbré , telle qu'il nous la faut. Je ne la savais pas là....

SCÈNE X.

BELTRAND , GRIPPE-SOU et GIL.

GRIPPE-SOU (*à Gil qui se présente*).
Emporte cela à la cuisine. (*Il lui remet le cadeau de
Beltrand.*) Occupe-toi bien là-bas , mon fils , l'oisiveté est
comme la rouille : elle use plus que le travail.

GIL.

Merci , notre maître. *(Il sort.)*

SCÈNE XI.

GRIPPE-SOU et BELTRAND.

(Ils sont assis près de la table et se disposent à traiter.)

GRIPPE-SOU.

Vous connaissez la formule d'un sous-seing ?

BELTRAND.

Pas beaucoup.

GRIPPE-SOU.

Eh bien ! franchement, cela me fait plaisir. Quand je vois un emprunteur de votre condition parfaitement au courant de ces rubriques, je m'imagine qu'il n'en est pas à son coup d'essai : or, vous connaissez le proverbe, senor Beltrand : tant va la cruche à l'eau qu'enfin elle y demeure....

SCÈNE XII.

GRIPPE-SOU, BELTRAND, GIL, VICENTE.

GIL.

Maître, une grande nouvelle ! Le viguier nommé par la France auprès de notre république, vient d'arriver ici. Il est accompagné par les membres du grand conseil qui vont installer ce nouveau magistrat. Vous aurez là une pièce à toucher comme appariteur. On dit que ce viguier est très-généreux.

GRIPPE-SOU *(à part)*.

La tête me bout.... on sonne le tocsin, je crois.

GIL.

Le notaire archiviste demande la clé de la salle des archives où se trouve le registre des procès-verbaux ; apportez-la vite ; il faut que je retourne aux écuries pour attacher les mules qui miaulent comme des tigresses.

GRIPPE-SOU.

(Il court à la porte de la salle des archives, il frappe et personne ne répond ; il va et vient sur la scène, donnant les marques non équivoques de la plus vive préoccupation). Senor Beltrand, Giletou, mon ami, brave et digne maestro, retirez-vous vite, vite. *(Il va frapper plus fort que jamais à la porte fatale.)* Bête, cheval, stupide animal que je suis. Comment, vous êtes encore là ? laissez-moi seul ici. *(Il pousse hors de la scène ses interlocuteurs, qui s'obstinent à ne pas s'éloigner ; il frappe pour la troisième fois une porte qui, d'après ses précédentes recommandations, ne doit pas s'ouvrir. Revenant vers les autres personnages, il se jette à leurs genoux.)* Je vous conjure de me laisser seul, j'ai besoin d'être seul ; allez-vous en.

GIL

Maître, c'est étrange ce que vous faites là. Quelle mouche vous a piqué ?

GRIPPE-SOU (*fléchissant de nouveau le genou*).

Je vous baise les pieds et les mains comme à de braves Andorrans. Fuyez! fuyez! un malheur nous menace.

BELTRAND.

Qu'est-ce que c'est, grand Dieu!

VICENTE.

Je ne comprends rien à ces extravagances.

GRIPPE-SOU.

De grâce évitez un malheur qui arrive. Tenez, ah! mon Dieu, le château craque par le faîte, il va crouler. Sauvez-vous! sauvez-vous!

GIL (*s'assurant des yeux que rien ne bouge*).

Pour le coup, ou j'ai la berlue, ou mon maître a perdu la boule.

GRIPPE-SOU.

Vous restez là encore!....

VICENTE.

En effet, je ne l'ai pas encore vu dans une pareille sur-excitation.

GRIPPE-SOU.

Vous ne voyez donc pas la mort qui plane sur vos têtes!.. sauvez-vous enfin....

GIL.

Pauvre maître, il faut le soigner.

VICENTE.

Le sang s'est porté au cerveau. Un bain de pieds et de l'eau fraîche sur le front!

GIL.

Faisons-lui prendre l'air, il fait ici une chaleur étouffante; il n'y a plus d'air respirable.... Aidez-moi. (*on s'empare de Grippe-sou.*)

GRIPPE-SOU.

Eh bien! eh bien!....

GIL.

Maître, vous savez que je vous suis fidèle!

GRIPPE-SOU.

Pour le coup, voulez-vous me laisser? mais je suis chez moi, mais vous avez donc perdu la tête, vous autres! Il faut que les autorités me trouvent à mon poste.

GIL.

Allons, allons, mon bon maître....

GRIPPE-SOU.

Mais tant vaut-il appeler à mon secours: Mylord! mylord!

GIL.

Maître, calmez-vous, personne ne veut vous faire de mal.

GRIPPE-SOU.

Mylord, au secours!

GIL.

Vous savez bien que votre Giletou est incapable de vous trahir.

BELTRAND.

C'est fort, tout de même, qu'un homme perde la raison si vite !

GRIPPE-SOU (*se débattant toujours*).

Je serai martyr, je ne serai pas confesseur.

VICENTE.

C'est curieux comme le mal fait des progrès.

GIL.

Pauvre maître ! malgré tout, je dois le secourir. (*Grippe-sou est entraîné de vive force hors de la scène, et la toile tombe.*)

ACTE SECOND.

SCÈNE I.

GRIPPE-SOU (ASSIS SUR UNE CHAISE), PUIS GIL.

GRIPPE-SOU.

Approche, mon serviteur fidèle, approche.... Pour te prouver que je ne suis pas en état de folie, et aussi, pour te rénumérer de tes soins assidus auprès de ma personne, je vais te donner quelque chose.

GIL.

Eh bien ! je vois que nous marchons de surprise en surprise. Vous allez me donner quelque chose !....

GRIPPE-SOU.

Mon cher Giletou, il faut que je te fasse un cadeau. (*Il cherche dans ses poches.*)

GIL.

Vous me faire un cadeau ! ce n'est pourtant pas votre spécialité.

GRIPPE-SOU.

Mais avant.... je ne vois pas arriver ici le nouveau viguier, ni les autorités qui doivent l'installer.

GIL.

Je n'ose vous dire les motifs de leur retard.

GRIPPE-SOU.

Qu'est-ce qui les arrête ?

GIL.

Le soin de leurs montures que j'ai appâturées et qu'ils ne veulent pas abandonner, tant qu'il y aura dans les mangeoires un brin d'avoine inachevé. Comprenez-vous ?

GRIPPE-SOU.

Tu ne sais que ressasser toujours les mêmes choses.

GIL.

Revenons au cadeau annoncé ; ce sera du nouveau cela !...

GRIPPE-SOU.

Oh oui ! je veux te donner....

GIL.

Quoi ? je suis impatient, pour la rareté du fait.

GRIPPE-SOU.

Je veux te donner.... une leçon.

GIL.

Je prévoyais quelque canard de ce genre.

GRIPPE-SOU.

Non, c'est d'une oie que je veux dire. Si jamais tu parviens à attraper.... ne perds pas un mot de la leçon, mon cher Giletou !

GIL.

Allez ! allez !

GRIPPE-SOU.

Si jamais tu parviens à attraper dans le val d'Andorre quelque oison nasillard (*il contrefait le cri de l'oie*), tu peux le plumer, rien de mieux ; mais garde-toi, mon enfant, de l'enfermer dans une cage ; pour l'en retirer à point, c'est une manœuvre difficile et scabreuse. As-tu saisi ?

GIL.

Non, maître, je n'ai rien saisi.

GRIPPE-SOU.

Tu ne comprends pas la difficulté qu'il y a à sortir de la cage un oison de passage qu'on a eu la maladresse de clore sous clé !

GIL.

Décidément, mon maître, je crois, sauf respect, qu'il faudra en venir à l'eau fraîche sur la tête et aux bains de pieds synapisés.... vous vous êtes débattu du bec et de l'ongle ; vous avez refusé le remède innocent ; déjà vous seriez guéri. Depuis que je vous ai parlé de l'installation du nouveau viguier, vous n'êtes plus le même homme. Et qu'y a-t-il en cela qui puisse vous troubler, vous qui n'avez jamais reculé devant une pièce d'argent ? considérez que cette installation vous vaudra de belles étrennes. Les viguiers qui nous viennent du département de l'Arriège sont dans l'habitude de gratifier l'appariteur au jour de leur prise de possession. On dit que celui-ci est riche, généreux, il va vous donner une grosse poignée d'écus, sans les compter. Quoi qu'il en soit, prenez un peu d'aplomb ; on ne tardera pas à paraître.

GRIPPE-SOU.

Qu'ils viennent quand ils voudront, mon chéri , du temps

que tu préparais tes inutiles bains de pieds, j'ai pris mes mesures. Tu n'as donc rien compris sur l'oiseau qui s'est sauvé du trébuchet ?

GIL.

Il y a idée fixe : pauvre maître, va !...

GRIPPE-SOU.

Si j'insiste sur la volaille en question, c'est parce que je te regarde, à bon droit, comme la seule personne du château d'Andorre qui soit capable de saisir une difficulté.

GIL.

Bizarres idées !! Maître, ce que je vois de plus clair en cela, c'est qu'il vous faut absolument baigner les jambes. Je vous promets que vous avez le cerveau un peu.... beaucoup troublé ! J'éveille votre attention sur une pièce très-ronde que va vous donner M. le viguier, et vous ne mordez pas ! Il y a dérangement, à coup sûr, dans votre entendement. Le sang vous fatigue, n'est-ce pas ?

GRIPPE-SOU.

A merveille, mon bien aimé. La situation qui m'est faite est excellente.... le temps menaçait, eh bien ! le ciel s'est débarrassé du nuage épais qui couvrait l'horizon; tout va bien.

GIL.

Voici nos magistrats !

(*Grippe-sou prend toute l'assurance d'un concierge parfaitement sain d'esprit et de corps.*)

SCÈNE II.

CALVO Y SOUM, *président de la république;* ARENY, *vice-syndic;* MIGUEL, *notaire-archiviste;* GRIPPE-SOU ET GIL.

MIGUEL.

Portier, ouvrez-nous la salle des archives !

CALVO Y SOUM.

Senor notario, vous apposerez au bas de l'expédition le sceau de nos armes.

MIGUEL.

Mais oui ! c'est un acte important. (*Grippe-sou sort la clé qui se trouve dans le tiroir de la table, et il va ouvrir. Il entre avec Miguel dans la salle.*)

SCÈNE III.

CALVO Y SOUM, ARENY, GIL.

CALVO Y SOUM.

Je crois, senor Areny, qu'il est à propos de rester là en permanence jusqu'après le coup.

ARENY.

Ce sera comme vous en déciderez , senor président.

CALVO Y SOUM.

Gil, tu n'as pas vu un touriste anglais tout à l'heure dans le château.

GIL.

Non , senor président.

ARENY.

Aucun étranger ne s'est présenté ?

GIL.

J'ai causé avec le citoyen Beltrand , de Massana ; ce gaaignère venait ici pour emprunter des fonds.

ARENY.

Ton maître est un capitaliste renommé ?

GIL.

Il paraît.

ARENY.

On dit aussi que tous moyens lui sont bons pour thésauriser ; qu'en penses-tu ?

GIL.

Je pense....

CALVO Y SOUM.

Achève.

GIL.

Je pense , senor président, que c'est mon maître...

CALVO Y SOUM.

Cela ne veut pas dire qu'il est sans défauts !...

GIL.

Air nº 4.

Qu'il soit manant ou gentilhomme,
Riche ou pauvre, juste ou pécheur,
Si vous mangez le pain d'un homme,
Ne mordez pas à son honneur.   (bis)

En créant la famille humaine,
Deux parts en fit le roi des cieux :
L'une commande en souveraine,
L'autre obéit : ce qui vaut mieux.

LE CHOEUR.

Qu'il soit manant ou gentilhomme , etc.

GIL.

Lorsque je me choisis un maître,
Je lui jurai fidélité.
Je ne puis en rien méconnaître
Ses droits ni son autorité.

LE CHOEUR.

Qu'il soit manant ou gentilhomme , etc.

GIL.

Hélas ! que de fois un ménage,
Jouissant du bonheur complet ,

Est troublé par le bavardage
D'une servante ou d'un valet !

LE CHOEUR.

Qu'il soit manant ou gentilhomme,
Riche ou pauvre, juste ou pécheur,
Si vous mangez le pain d'un homme,
Ne mordez pas à son honneur.

CALVO Y SOUM.

Parfait de sentiment ! Un grand merci pour ta chansonnette, et mes sympathies les plus vives pour la droiture de ton âme. Tu peux te retirer. (*Gil fait sa gracieuse révérence en quittant la scène.*)

SCÈNE IV.

CALVO Y SOUM, ARENY, MIGUEL, GRIPPE-SOU.

MIGUEL.

Senor président, voici : (*Il lui remet un papier*).

CALVO Y SOUM.

(*Après avoir examiné.*) C'est cela exactement.

MIGUEL.

Quant aux archives, je les ai trouvées dans un ordre convenable ; personne n'y a touché.

CALVO Y SOUM.

Votre rapport, senor notario, me fait du bien au cœur. Il m'en coûtait d'accepter comme vraie cette grave accusation ; peu s'en est fallu que je ne fisse arrêter préventivement notre honorable concierge. (*A Grippe-sou.*) Vous ne savez pas ce qui s'est passé ?

GRIPPE-SOU.

Mon Dieu, non ! je ne suis qu'un pauvre ignorant.

CALVO Y SOUM.

Voici : vous faites argent de tout, mon brave homme ; l'argent fait des envieux ; les envieux font la calomnie.... On est donc venu nous dire que, moyennant une forte somme, vous aviez vendu nos archives aux anglais. Le cas était grave, car vous connaissez la rigueur des règlements sur ce point. Vous vous fussiez compromis grandement. Notre devoir était de vérifier le fait. Je suis heureux de voir qu'il n'en est rien.

GRIPPE-SOU.

(*Levant les yeux au ciel et poussant un profond soupir.*) Senor président, que les gens sont méchants et cancaniers ! Grand Dieu ! il y a dans nos montagnes un inconcevable agiotage de réputations !....

ARENY.

Vous n'avez laissé pénétrer personne dans la salle des archives ?

GRIPPE-SOU.

Personne ! absolument personne , senor vice-syndic ! On m'eut passé plutôt mille fois sur le corps.

ARENY (*à ses collègues*).

Cette dénégation ainsi formulée doit nous suffire.

MIGUEL.

(*Prononcez*) Nemo ioudicatour malous nisi probetour.

CALVO Y SOUM.

Principe équitable.

GRIPPE-SOU.

Je suis aussi innocent de ce délit que la créature qui ne vient que de naître.

CALVO Y SOUM.

Aucun Anglais ne vous a tenté ?

GRIPPE-SOU.

Je n'ai vu ni Anglais , ni Prussien , je vis ici comme un véritable ermite.

CALVO Y SOUM.

Nous sommes là pour installer le viguier nouvellement nommé par la France , il va se présenter. Prenez votre robe d'appariteur pour la cérémonie d'installation. (*La figure de Grippe-sou s'illumine d'une joie douce et calme ; il s'empresse de vêtir son costume qui est suspendu à côté*).

GRIPPE-SOU (*en s'habillant*).

Savez-vous , senors , si le viguier français est généreux ? Je présume qu'il connaît les usages.

MIGUEL (*plaisantant*).

Votre journée est gagnée ! comptez-y !

GRIPPE-SOU.

Son prédécesseur se distingua en pareille occasion , il me donna un petit Napoléon !

MIGUEL.

Celui-ci fera plus !

SCÈNE V.

CALVO Y SOUM , ARENY , MIGUEL , GRIPPE-SOU, LYSANDER BROWN.

BROWN.

Bonn'jor, mossé, bonn'jor ! moâ demander le portierr de voss.

CALVO Y SOUM.

Qui êtes-vous , Monsieur ?

BROWN.

J'été ioun sudjet anglais , et je demander le portierr de voss , parce que moâ avoar besoin d'aller encore à la selle là-dedans. (*Il désigne la salle des archives. Pour se dégui-*

ser aux yeux de Brown, Grippe-Sou use d'un stratagème :
tourné vers le public, il cligne les yeux et abaisse sur le
front son bonnet carré.)

CALVO Y SOUM.

Enfin voilà notre homme ! (*à Brown*) Vous demandez de
nouveau à pénétrer dans la salle des archives ? est-ce que vous
y êtes déjà entré ?

BROWN.

Oh ! yès , mossé !

CALVO Y SOUM (*vivement*).

Je vais vous faire arrêter.

BROWN.

Commentè , mossé, moâ avoir payé d'evence.

CALVO Y SOUM.

Je vous ferai enchaîner.

BROWN.

Ferez pas voss, mossé, j'été ioun sudjet anglais, et si voss
faisé remesser moâ dedans le prisonne de voss , le chéteau
d'Endorre y sioubira ioun bomberdemente à caose de moâ.

CALVO Y SOUM (*se calmant*).

On verra bien !..... D'abord , Monsieur, je vous somme
de me dire qui vous a ouvert la porte de cet appartement.

BROWN.

Très-bienne ! le hom' portierr de voss il a ouvert à moâ ,
et moâ avoar payé à loui selon les conventionnes.

CALVO Y SOUM.

Procédons à bon escient dans cette affairé et ne préci-
pitons rien. Primo : notre concierge est incapable d'avoir
commis cet énorme abus de confiance. Le reconnaîtriez-
vous , Monsieur , si je le mandais ici ? (*Il dit un mot à*
l'oreille d'Areny qui sort pour un instant).

BROWN.

Oh ! yès , le aspect de ioune friponne été évident permi
le nombre de mil hom' honêt. (*Areny rentre*).

CALVO Y SOUM.

Eh bien ! mylord , observez attentivement les personnes
qui vont poser devant vous.

SCÈNE VI.

TOUS LES PERSONNAGES.

CALVO Y SOUM (*au moment où Vicente paraît*).
Est-ce celui-là ?

BROWN.

No ! (*Beltrand se présente.*)

CALVO Y SOUM.

Et cet autre ?

BROWN.

No ! no !

CALVO Y SOUM (*désignant Gil qui paraît*).

Peut-être ce jeune gars (1)?

BROWN.

No ! c'été tous des figuioures nouveaux por moâ.

GIL (*à part*).

D'où sort-il cet original ?

BROWN.

(*Il s'est approché de Grippe-sou qu'il examine avec mystère.... Moment de silence.... La pantomime de l'un et de l'autre devient de plus en plus expressive.... S'adressant à Calvo y Soum :*) Mossé ! mossé ! (*il désigne Grippe-sou*) C'été il , oh ! yès ! oh ! yès ! c'été il ! mais, ly a chengé de hoquetonn ; ly a mis ioune contrefeçonne siour le figuioure de loui.

CALVO Y SOUM.

Etes-vous bien certain de ce que vous affirmez ?

BROWN.

Oh ! yès ! oh ! yès ! c'été il , saof le contrefeçonne de le figuioure.

GRIPPE-SOU (*aux autorités*).

Cet individu bat la breloque. C'est à coup sûr un échappé de quelque hôpital de fous. (*à Brown*) Monsieur, je ne vous connais pas....

BROWN.

Voss ne connaître pas moâ , mossé ?

GRIPPE-SOU.

Non , mille fois non. Je ne sais qui vous êtes ni d'où vous venez.

GIL (*à part*).

Je gagerais que c'est l'oison nasillard que je n'avais pas vu encore.

BROWN.

Voss ne connaître pas moâ ?

GRIPPE-SOU.

Non , vil imposteur , je ne vous connais pas.

BROWN (*changeant de rôle*).

C'est assez !!... sachez en face de qui vous avez prévariqué. Je suis le viguier français qu'on doit installer à cette heure même.... On nous a raconté les ignobles trafics auxquels vous vous livrez dans l'intérieur de ce palais, sanctuaire auguste de la justice. Sur ce , il a été convenu que je m'avancerais ici pour vous éprouver en baragouinant quelques mots anglais. Je puis avoir mal joué mon rôle ; mais, pour votre part , vous avez parfaitement

(1). Prononcez *Gd.*

mordu à l'hameçon, vous m'avez pris pour un anglais taillable à merci. J'ai raconté à mes estimables collègues tout ce qui s'est passé, attendez-vous au juste châtiment de vos fautes.

GRIPPE-SOU.

Senor président, je prends Dieu à témoin....

CALVO Y SOUM.

Taisez-vous! vous êtes un malheureux... posez cette robe...

GRIPPE-SOU.

Je veux bien, senor président. (*il quitte le costume d'apariteur.*) Pour vous être agréable, je suis disposé à faire....

CALVO Y SOUM.

A faire rien qui vaille.... Quand les blandices de la fortune ont affadi une âme, elle n'est puissante que pour le mal. Vous allez recevoir premièrement la peine du talion. (*Il agite une sonnette*) Viendra ensuite une autre punition pour surcroît, ou, si vous aimez mieux, pour les intérêts du capital. (*Deux soldats se présentent l'arme au poing.*) Emparez-vous de cet individu. (*L'ordre est exécuté.*)

GRIPPE-SOU.

Senor président, permettez-moi de prendre, avant de partir, mon chapelet qui est dans le tiroir de cette table.

CALVO Y SOUM.

N'avancez pas !... Senor Miguel, voyez, je vous prie, quel est le contenu du tiroir. Il est juste que nous ayons le primeur de cet inventaire. Vous remettrez à M. le viguier son enjeu avec d'autant plus de justice qu'il a gagné la partie.

MIGUEL.

Je trouve une belle collection de piastres ou d'autres monnaies. Je ne vois pas de chapelet.

GRIPPE-SOU.

Permettez ; je chercherai moi-même.

CALVO Y SOUM.

Arrière s'il vous plaît. (*les soldats retiennent le prisonnier.*)

MIGUEL (*qui se livre toujours aux perquisitions*).

Ma foi, c'est une cassette bien garnie.

GRIPPE-SOU.

J'avais emprunté cent pistoles pour obliger Beltrand que j'aime beaucoup.

BROWN.

Vous l'aimez comme les anglais aiment la côtelette de mouton.

CALVO Y SOUM (*à Beltrand*).

A quel taux empruntiez-vous ?

BELTRAND.

A 20 pour 0/0.

CALVO Y SOUM.

(*Remettant à Miguel le susdit acte que celui-ci a rédigé*

dans la salle des archives) Lisez. (*Coup de sonnette.*)

MIGUEL (*fermant le tiroir. Lisant.*)

« Au nom de la république d'Andorre, Nous membres du
« grand conseil,

« Ouï le rapport à nous fait par M. le viguier français,
« sur les voleries et lésineries de tout genre commises par
« le citoyen Grippe-sou, concierge du palais ;

« Attendu que la culpabilité dudit Grippe-sou, déjà de
« notoriété publique, se trouve suffisamment prouvée par
« les présents débats ;

GRIPPE-SOU (*à part*).

Attendu que !! je ne m'attendais pas du tout à cela....

« Attendu que le bruit de ce procès va soulever proba-
« blement contre le coupable une foule de réclamations, et
« qu'il est équitable que les droits de chacun soient exa-
« minés et respectés ;

« Vu l'article 14 du règlement sur la conservation des
« archives d'Andorre ;

« Vu la loi sur les usuriers ;

« Avons ordonné et ordonnons :

« ART. 1er Tous les biens meubles et immeubles du citoyen
« Grippe-Sou sont séquestrés. Il sera nommé un gardien
« par nos soins jusqu'à ce que justice soit rendue aux ayant
« droit ; après quoi le citoyen Grippe-Sou rentrera sans
« trouble ni éviction dans la jouissance libre de son avoir,
« s'il lui en reste.

GRIPPE-SOU (*à part*).

Dios mio ! quel grand trou noir on creuse sous nos pas !

« ART. 2. Le senor Vicente, maestro à Andorre-la-Vieille,
« est nommé gardien conformément à l'article précédent.

« ART. 3. Le citoyen Beltrand recevra sur les fonds du
« coupable et contre la remise d'un titre authentique de
« pareille somme, mille *pecettas* qu'il gardera pendant deux
« ans à titre de prêt et sans intérêt.

GRIPPE-SOU (*à part*).

Hé !!...

« ART. 4. Douze sacs de seigle, pris dans les greniers
« du coupable ou achetés à ses frais, seront distribués
« aux pauvres des six paroisses de la république, en com-
« pensation des soustractions opérées sous la dent des mu-
« les dans les écuries du château.

GRIPPE-SOU (*à part*).

Holà ! holà !

« ART. 5. Jusqu'à nouvel ordre et en souvenir des priva-
« tions antérieures, les trois écoliers pensionnaires rece-
« vront, aux frais du coupable et par les soins du jeune
« valet Gil, une nourriture saine, variée, abondante et

3

« accompagnée , à chaque repas , de quelques douceurs.

GRIPPE-SOU (*à part*).

Holà ! holà ! Ils vont me manger tout vif ; ils ne me laisseront rien.... Je connais leur appétit.

« ART. 6. Gil aura la place de concierge dont le coupable s'est rendu indigne.

GRIPPE-SOU (*à part*).

Dios mio ! que vais-je devenir ?

« ART. 7. La république rejette de son sein le citoyen « Grippe-Sou.

GRIPPE-SOU.

On me rejette , qu'est-ce à dire !

« ART. 8. Le vice-syndic Areny demeure spécialement « chargé de faire exécuter le présent....

GRIPPE-SOU (*interrompant vivement*).

De me faire exécuter !....

DON MIGUEL (*continuant à lire*).

« Jugement. » (*Expliquant*) Il y a jugement.

GRIPPE-SOU.

Mais il est inique votre jugement. Me faire exécuter , Dios mio !!

CALVO Y SOUM (*agitant la sonnette*).

Respect à la justice ! (*Les soldats contiennent Grippe-Sou qui éprouve comme des convulsions nerveuses*).

GRIPPE-SOU.

Respect à ma vie ! J'ai bien un peu tondu par besoin, mais je n'ai écorché personne. Je vous demande pardon à tous. Mille pardons ! Pardon ! je vous prie , prenez la moitié de mon bien , si vous voulez , mais laissez-moi la vie sauve....

CALVO Y SOUM.

Rassurez-vous.

GRIPPE-SOU.

Je vous offre le quart de mon avoir.

CALVO Y SOUM.

Vous devenez de plus en plus généreux.

GRIPPE-SOU.

Je vous donne toute ma reconnaissance , si vous daignez m'absoudre.

CALVO Y SOUM.

Personne ne veut votre mort , on désire votre conversion.

GRIPPE-SOU.

Ha ! à la bonne heure ! et pourquoi parler d'exécution ?

DON MIGUEL.

Je vous ai dit qu'il s'agit de faire exécuter le jugement précité.

GRIPPE-SOU.

Ah ! oui, oui , je comprends. Dios mio ! Ce jugement....

est-ce qu'il n'y aurait pas moyen, nos bons et dignes juges, d'arranger, là entre nous, bien des choses et d'en finir?

CALVO Y SOUM.

Oui! oui! il est temps que cette affaire ait un terme. On va vous conduire en prison. Notre pieux chapelain vous fera sa visite.... Réglez avec lui, c'est-à-dire, avec Dieu, car, immédiatement après la liquidation de vos comptes envers la justice, vous partirez pour l'exil.

GRIPPE-SOU.

Dios mio! Je vais mourir de faim sur la terre étrangère. Encore si j'avais un état, un métier, je pourrais gagner ma vie....

CALVO Y SOUM.

Allez dans l'île Mallorca (1); vous êtes sûr d'être employé dès qu'on vous connaîtra.

GRIPPE-SOU.

Employé à quoi?

CALVO Y SOUM.

A exprimer le jus des oranges! Et vous en tirerez certainement tout ce qu'il est possible d'en tirer.

GRIPPE-SOU.

Dios mio! C'est précisément ce que vous faites de moi.

CALVO Y SOUM.

Eh bien! profitez de la leçon!.....
(*Sur un signe du président, les soldats conduisent Grippe-sou en prison*).

CHOEUR FINAL.

Air n° 5.

La vie
Des Grippe-Sou
Est une comédie
Qu'un noble cœur n'a jamais applaudie,
A moins que ee ne soit au moment où,
La corde au cou,
Ils sont placés sous le verrou.

(1) Mayorque.

FIN

VILLEFRANCHE, IMPRIMERIE DE PROSPER DUFOUR.

9 782019 282684